Fátima Mesquita

TEM LUGAR AÍ PRA MIM?

Um livro sobre Direitos Humanos
e respeito à diversidade

Ilustrações
Fábio Sgroi

4ª impressão

PANDA BOOKS

Texto © Fátima Mesquita
Ilustração © Fábio Sgroi

Direção editorial
Marcelo Duarte
Patth Pachas
Tatiana Fulas

Gerente editorial
Vanessa Sayuri Sawada

Assistentes editoriais
Henrique Torres
Laís Cerullo

Assistente de arte
Samantha Culceag

Projeto gráfico, diagramação e capa
Camila Sampaio

Revisão
Renata Carreto

Impressão
Coan

CIP-BRASIL. CATALOGAÇÃO NA PUBLICAÇÃO
SINDICATO NACIONAL DOS EDITORES DE LIVROS, RJ

Mesquita, Fátima
Tem lugar aí pra mim? / Fátima Mesquita; ilustração Fábio Sgroi – 1. ed. – São Paulo: Panda Books, 2018. 56 pp. il.

ISBN: 978-85-7888-292-1

1. Direitos humanos – Ficção infantojuvenil. 2. Ficção infantojuvenil brasileira. I. Sgroi, Fábio. II. Título.
Bibliotecária: Meri Gleice Rodrigues de Souza – CRB-7/6439

18-49161
CDD: 028.5
CDU: 087.5

2025
Todos os direitos reservados à Panda Books.
Um selo da Editora Original Ltda.
Rua Henrique Schaumann, 286, cj. 41
05413-010 – São Paulo – SP
Tel./Fax: (11) 3088-8444
edoriginal@pandabooks.com.br
www.pandabooks.com.br
Visite nosso Facebook, Instagram e Twitter.

Nenhuma parte desta publicação poderá ser reproduzida por qualquer meio ou forma sem a prévia autorização da Editora Original Ltda. A violação dos direitos autorais é crime estabelecido na Lei nº 9.610/98 e punido pelo artigo 184 do Código Penal.

SUMÁRIO

Era uma vez um lugar muito chato de se morar... — 4

Somos todos (hu)manos e (hu)manas — 6

Pragas, praguinhas, pragões — 16

Alguns ismos e outras coisas mais — 30

E como a gente dá cabo nestas pragas? — 46

Declaração dos Direitos do Homem e do Cidadão — 48

Declaração Universal dos Direitos Humanos — 50

ERA UMA VEZ MUITO CHATO

... porque nele o Zé implicava com a Maria, que pegava no pé da Joaquina, que por sua vez atormentava o Manuel, numa corrente sem fim, em que toda diferença era tratada com risinho, com piada (ou até coisa pior).

Tinha sempre alguém chateado, machucado, sem graça, sem chance, sem jeito, infeliz, preocupado e sofrendo.

Um lugar de se morar...

E onde era isso? Aqui mesmo, neste mundo que eu habito, que você habita. Quando foi isso? Ah, não foi, não, porque ainda é. Porque mesmo hoje, neste instante, neste segundo, tem gente que não respeita o outro, que não leva em consideração o direito do outro. E discrimina, trata mal, despreza, não contrata, não cumprimenta, não convida pra festa, grita, xinga e bate, e prende alguém só porque essa pessoa é diferente – na cor da pele, na religião que ela segue, na etnia a que ela pertence, no tipo de corpo que ela tem, no tipo de namorada ou namorado que ela ama, se ela é homem ou mulher, se é criança ou se já viveu muito, se tem um problema na perna, se tem uma marca no rosto...

Como acaba essa história? Bem, essa história acaba com um final superfeliz, porque quem escreve o final dela é você. Quem vai fazer o lugar chato virar um lugar do bem, bacana, supimpa, extrasuperlegal, onde todo mundo vive a diferença na boa, onde todo mundo tem lugar e é respeitado, é você.

E como se escreve isso? No dia a dia, quando a gente entende, conhece e reconhece a importância dos direitos e deveres e também das diferenças. Quando você exige que o mundo, a sua casa, a sua rua, o seu bairro, a sua escola, a sua festa, a sua turma de amigos... sejam legais pra todo mundo, com todo mundo. Sem distinção.

E aí? Topa escrever esta história junto comigo? Ela é uma história que tem muita ação, que tem também amor e um baita final feliz (ué, a gente não combinou o final feliz? Por mim, está combinado). Então, vamos lá... virando a página... 1, 2, 3 e... já!

Somos todos (hu)manos e (hu)manas

22 GOLEIROS EM CAMPO?!

Imagine um jogo de futebol em que os dois times, os 22 jogadores em campo, sejam todos iguais: a mesma altura, o mesmo cabelo, a mesma cara, a mesma cor de pele, o mesmo talento... E que todos eles só queiram jogar no gol! Já pensou que encrenca seria?

Agora, amplie isso para o nosso planeta, para os bilhões de habitantes que seriam todos iguaizinhos: mesma etnia, mesma idade, mesmo gênero... Mais chato ainda, hein? Pois é, por isso que a diversidade é tão legal: ela faz o mundo ficar mais bonito, mais colorido, mais divertido, mais interessante, mais criativo, mais inteligente!

Um gosta assim e o outro assado. Uma pessoa é desse jeito e a outra é do jeito oposto. Esta é a nossa riqueza: a existência de indivíduos diferentes faz o mundo ficar mil vezes mais completo e mais saboroso.

Só que, para pessoas tão diferentes viverem bem umas com as outras, é preciso que a gente respeite essas diferenças. Até porque, apesar de termos características diferentes, no fundo, no fundo, somos todos iguais, porque somos, todos nós, seres humanos.

JUNTOS & MISTURADOS!

Todo mundo que pertence à espécie *Homo sapiens* é um ser humano, seja essa pessoa gorda, magra, legal, chata, da sua religião, de nenhuma religião, homem, mulher, transgênero, homossexual, alto, baixo, narigudo, lindo, criança, negro, branco, oriental, com deficiência ou não, amigos nossos ou não, nordestino, sudestino, sem hino, sem teto, com teto, rico, pobre, doente ou sadio, barrigudo, falador, tímido, com cicatriz, sujo ou de banho tomado, bandido ou mocinho...

É melhor repetir? Então, vamos lá: **todo mundo que pertence à espécie *Homo sapiens* é um ser humano**. E todo ser humano tem direitos. Esses direitos são liberdades e responsabilidades que devem ser garantidas o tempo todo para todo mundo que pertence à espécie *Homo sapiens*.

DIREITOS HUMANOS: direitos que todo mundo tem, simplesmente por ser um ser humano.

Na TV e no rádio, na internet e até nas conversas aqui e ali, a gente vê e ouve muitas pessoas falando mal dos direitos humanos. Mas será que é justo? Será que tem a ver? A melhor maneira de responder essa questão é conhecendo melhor a história dos tais direitos humanos. Então, senta que lá vem uma mega história boa!

NA PANELINHA

No começo do começo do bicho humano, não havia essa coisa de direitos humanos, e você só contava mesmo com a sorte e nada mais. Se você tivesse nascido na turma certa, você estaria na boa, mas se nascesse no time errado... você estaria super extra máxi encrencado. E tudo porque o mundo, naquela época, era uma espécie de ringue de vale-tudo, onde era possível escravizar, bater, torturar, mandar e desmandar, tomar os bens, matar e fazer sabe-se lá mais o que com qualquer um que não fizesse parte da sua panelinha.

Mas aí um tal de **Ciro II**, que foi rei da Pérsia entre 559 e 530 a.C. – e que também era conhecido nas paradas de sucesso como Ciro, o Grande – conquistou um lugar chamado Babilônia e fez ali algo totalmente diferente, que ninguém havia feito antes: liberou os escravos.

Humm, pois é, eu até mudei de parágrafo para fazer uma pausa dramática. Porque foi mesmo um momento especial na história: o momento em que, pela primeira vez, um mandachuva conquistava outros povos e não ia direto pra cima daquela lenga-lenga de escravizar e coisa e tal. Ciro não. Ciro fez diferente. Ele liberou os escravos. Todos eles.

Para completar, Ciro ainda escreveu um documento avisando a turma toda que ele também estava liberando a galera em termos de religião. Cada um podia ter a sua religião. Não seria mais obrigatório todo mundo acreditar na mesma coisa. E, olha moçada, aquilo era uma baita novidade, sabia?

Alguns historiadores consideram este documento do rei Ciro a primeira versão da Declaração dos Direitos Humanos que a gente tem hoje, ou, pelo menos, uma sementinha dela, porque esse documento do Ciro foi o primeiro registro oficial de um chefão falando em direitos das pessoas de uma forma mais ampla, e não como direitos que valiam somente pra turma dele.

O cilindro do Ciro

Que papel que nada! Na época em que Ciro II era rei da Pérsia, o pessoal escrevia documentos em cilindros de argila porque ninguém havia inventado ainda papel, caneta, nem computador nem impressora.

NATURALMENTE...

Muitos anos depois, vieram os romanos, que sacaram que as pessoas tinham uma tendência instintiva a seguir certos princípios, certas ideias básicas, certos direitos. Pois os romanos notaram isso e batizaram essas ideias de Direito Natural. Um direito natural, por exemplo, era o direito à vida, que é uma coisa que ninguém precisa ser ensinado a entender. Todo mundo entende que nós temos direito à vida, certo?

Certíssimo, mas acontece que os governantes que vieram depois dos romanos viviam "se esquecendo" desses direitos, fazendo a vida de quem não era da turma deles um inferno bem caldo grosso, barra pesada total. Foi só uns mil anos depois, já em 1215, e na Inglaterra, que um rei resolveu escrever uma Carta Magna: um documento oficial dizendo que o que era direito era direito, e que nem mesmo um rei, um imperador, um ditador podia deixar de respeitar esses direitos – aliás, para que ninguém tivesse dúvida, o rei colocou tudinho no papel, bem escrito na tal Carta Magna, que é também chamada de Constituição.

RÁ, RÁ, RÁ...

Beleza, né? Porque era de se esperar que os direitos básicos de todo mundo estivessem garantidos... Rá, rá, rá! Porque não foi exatamente assim que rolou. A coisa ainda ficou embaçada por um bom tempo, com os governantes sempre dando um olé nas leis de acordo com o que era conveniente para eles. Isso foi sendo tocado adiante no mundo todo, até que os Estados Unidos, querendo se livrar da condição de colônia britânica, comprou uma briga com os ingleses e decretou sua independência para, na sequência, escrever seu primeiríssimo documento oficial, em que dizia – pela primeira vez na história do bicho homem – que **todo mundo era igual a todo mundo.** Era o ano de 1776.

> Está na Declaração de Independência dos Estados Unidos da América: "... que todos os homens são criados iguais, sendo-lhes conferidos pelo seu Criador certos Direitos inalienáveis, entre os quais se contam a Vida, a Liberdade e a busca da Felicidade...".

VAI UMA REVOLUÇÃO AÍ?

Em várias partes do mundo o povo andava já bem cheio de trabalhar muito, pagar um caminhão de impostos e, ainda, ser tratado como um nadica de um grande nada. Foi assim que surgiu uma onda de reclamações e movimentos que culminaram em declarações de independência e até em revoluções – no caso dos Estados Unidos, que era colônia inglesa, foi uma questão de independência. No caso da França, foi uma revolução.

A Revolução Francesa é um enredo de um filme comprido e complicado, cheio de idas e vindas na trama. Para nossa história dos direitos humanos, o que mais interessa é que o tal governo revolucionário da época chegou a aprovar, no dia 26 de agosto de 1789, uma Declaração dos Direitos do Homem e do Cidadão.

Esta declaração francesa ia bem além daquela coisa norte-americana de **todo mundo é igual a todo mundo e tem direito a ser feliz.** Ela listava 17 itens e, mais tarde, foi até usada como base da Declaração Universal dos Direitos Humanos, que é o que a gente tenta fazer valer hoje pra todo mundo.

© National Gallery of Art

SOU O IMPERADOR DO MUNDO!

IMPERATIVO!

A ideia de um documento dizendo quais eram os direitos das pessoas era muito boa, mas nem todo mundo gostou. Tanto que Napoleão Bonaparte, que você já deve ter ouvido falar nas aulas de história, liderou uma turma e foi lá acabar com a farra daquela galera revolucionária, declarando-se imperador da França e, de quebra, do mundo!

Os europeus se uniram e deram cabo das pretensões muito pretensiosas do seu Napoleão. E aí o pessoal começou a repensar melhor as coisas e a trabalhar na ideia de que as pessoas tinham mesmo certos direitos básicos. Mas será que eles estavam pensando de verdade em **todas as pessoas**, sem exceção?

NA, NA, NI, NA, NÃO

Os europeus estavam naquela altura pensando só nos direitos deles mesmos porque, ao mesmo tempo em que eles falavam em direitos e coisa e tal, muitos países estavam se metendo nas chamadas terras novas, invadindo áreas, escravizando, matando gente e tomando riquezas – e chamando isso de "descobrimento".

Aqui no Brasil, duzentos anos antes, foi assim. Os portugueses vieram, e os franceses e os holandeses tentaram também se estabelecer nas nossas paragens. Eles faziam mais ou menos a mesma coisa em todo canto que invadiam: matavam a população local, se dizendo donos de tudo a partir daquele instante, impondo suas próprias leis, seu estilo de vida, sua religião, escravizando e abusando de muita gente. Durante séculos foi assim, até que um advogado indiano achou que aquilo já havia passado dos limites. O nome desse sujeito? **Mahatma Gandhi**!

Depois que Gandhi colocou a boca no trombone, muita gente na Europa começou a refletir sobre aquele absurdo e passou a concordar que os direitos deveriam ser estendidos, que deveriam valer para todas as pessoas do mundo. E foi assim que algumas coisas começaram a mudar pelo mundo afora. Devagarzinho, mas melhorando.

Tudo ia num rumo interessante quando… bum! bum! bum! Pintaram as duas Grandes Guerras!

Mohandas ou Mahatma

O nome de registro do Gandhi era Mohandas Gandhi, porém ele ficou conhecido no mundo como Mahatma Gandhi. Mahatma era só apelido – e que apelido! É que Mahatma quer dizer "Grande Alma". Gandhi hoje, pra muitos, é um herói da raça humana. Ele era um pacifista e pregava que era preciso criar resistência à dominação dos britânicos por meio de atos de desobediência civil, ou seja, boicotando os produtos ingleses, por exemplo. Sua maior arma foi a greve de fome.

CHEGA DE CHUMBO

Diante de tanta coisa triste e doida que ocorreu na Primeira e na Segunda Guerra Mundial – sim, foram duas rodadas de abusos e barbaridades, em que vários países do mundo lutaram entre si –, os direitos humanos ficaram quase reduzidos a pó. Daí as pessoas começaram a se dar conta de que era pra lá de necessário criar mecanismos de proteção aos direitos dos indivíduos.

	Primeira GUERRA MUNDIAL	Segunda GUERRA MUNDIAL
Tempo de jogo	4 anos (1914-1918)	6 anos (1939-1945)
Time em campo	65 milhões de soldados	1,9 bilhão de soldados
Placar final	cerca de 9 milhões de pessoas mortas (e um rastro enorme de pobreza e destruição em toda a Europa)	cerca de 72 milhões de pessoas mortas (aproximadamente 6 milhões de judeus, além de outro rastro enorme de pobreza e destruição na Europa e além)

É assim que surge a Organização das Nações Unidas, conhecida por sua sigla ONU. Essa organização foi criada em 1945 para manter a paz, a segurança e a cooperação entre os países. A ONU chegou dizendo que vinha "reafirmar a fé nos direitos humanos fundamentais, na dignidade e no valor da pessoa humana". E isso foi legal demais. Só que havia ainda um baita de um abacaxi a ser descascado: decidir qual seria a definição desses tais direitos humanos.

PARTO LEGAL

Nas reuniões feitas com os representantes dos diversos países, cada um dava um palpite e falava uma coisa diferente. Por isso foi uma suadeira danada até que todos concordassem com um texto simples e básico, que deixasse bem claro quais seriam, enfim, os DIREITOS DE TODOS OS SERES HUMANOS. Isso acabou rolando, em 1948, quando saiu, de uma vez por todas, a hoje famosa **Declaração Universal dos Direitos Humanos**, ou DUDH.

Conferência de fundação da Organização das Nações Unidas em São Francisco (Estados Unidos), em 1945.

O texto da DUDH é um dos documentos mais famosos do mundo inteiro. Ele está traduzido em mais de quinhentos idiomas e foi desenvolvido por um punhado de gente. No total, 193 países fazem parte das Nações Unidas. Qualquer coisa que é aprovada ali depende da concordância de pelo menos dois terços dos votantes. Ou seja, tem que ter pelo menos 129 votos, ou não vinga.

SERÁ QUE ELES VIVERAM FELIZES PARA SEMPRE?

Não. A simples existência da Declaração Universal dos Direitos Humanos foi um avanço enorme, sem dúvida. Mas sozinha a declaração não pode mudar nada na vida real porque ela não é uma lei – apesar de ter inspirado a legislação em vários cantos do planeta e também a legislação que vigora entre os países, quando pinta uma pendenga ou desavença entre eles.

É por isso que, mesmo hoje, a gente ainda vê um monte de absurdo e desrespeito à DUDH acontecendo adoidado, como genocídio e trabalho escravo.

GENOCÍDIO

O termo "genocídio" não existia antes de 1944. Ele foi criado para designar crimes que têm como objetivo a eliminação da existência física de **grupos** nacionais, étnicos, raciais e/ou religiosos. No ano de 1944, um advogado que era judeu e polonês, Raphael Lemkin, estava tentando achar um jeito de descrever o que os nazistas haviam feito com aqueles assassinatos sistemáticos de judeus na Europa. Aí ele juntou o termo grego *geno* (que quer dizer "raça" ou "tribo") com a palavra latina *cídio* (que significa "matar"). Hoje genocídio é crime, está na lei. Considerado **crime contra a humanidade**, há um tribunal internacional que pune quem tenta destruir, por completo ou parcialmente, um grupo nacional, étnico, racial ou religioso.

E O BANDIDO? COMO ENTRA NESSA?

Desde lá de trás, na história do *Homo sapiens*, a gente vem lutando para ter nossos direitos respeitados e agora nós vamos repetir os mesmos erros e dizer que os direitos valem pra uns e não pra todos? Se for assim, pode ser assim o tempo todo. Pode vir alguém e dizer que criança não tem direito a nada. Que adolescente deve ser tratado no tapa... E por aí vai!

OU VALE PRA TODO MUNDO OU NÃO VALE NADA :)

Pragas, praguinhas, pragões

COMO ASSIM?

Até agora, a gente disse e repetiu várias vezes neste livro que todo mundo tem os mesmos direitos, porque todas as pessoas são seres humanos, são iguais. Mas agora eu venho dar um nó na sua cabeça e dizer que todo mundo é igual, porém, ao mesmo tempo, diferente!

Isso é difícil de entender? Pois é só olhar ao seu redor que você vê, de cara, que somos todos iguais, mas, deliciosamente, diferentes. Temos cores de pele diferentes, traços físicos e estilos variados. Uns são craques na bola e no estudo. Outros são craques só em um deles. E há ainda os que são craques em coisas que a gente nem notou...

> Então é isso: todos nós somos diferentes, e isso é pra lá de bom. Mas ao mesmo tempo, todo mundo é igual, porque todo mundo é ser humano. Somos seres humanos diferentes, mas iguais enquanto seres humanos.

A existência de vários modos diferentes de viver, pensar, se expressar junto com a existência de vários tipos físicos diferentes é o que a gente chama de **diversidade**. É ela que faz o mundo tão colorido, interessante e divertido. Porque é como a gente já disse aqui: o mundo ia ser uma chatice atômica se todo mundo tivesse a mesma cara, as mesmas vontades, as mesmas ideias, os mesmos talentos – se o nosso time tivesse 11 goleiros e nada mais :(

Bom, mas é bem aqui que entra uma palavrinha tinhosa que só ela: estereótipo.

ESTER O QUÊ?

Pois é, eu queria bater um papo com você sobre essa palavra. Para facilitar a sua vida, eu escrevi ela aqui aos pedaços: es--te-re-ó-ti-po.

E aí? Você já tinha ouvido falar dessa palavra antes? Não? Os **estereótipos** são generalizações que a gente faz usando características de um grupo de pessoas:

• Quando a gente diz que **todo torcedor** do Flamengo, Internacional, Corinthians, Atlético Mineiro etc. é, por exemplo, desdentado, a gente está estereotipando.

• Quando a gente diz que **toda mulher** é doce e meiga, a gente está estereotipando.

• Quando a gente diz que **todo homem** é agressivo e machista, a gente está estereotipando.

A primeira coisa que vem na cachola da gente, muitas vezes, é estereótipo puro e concentrado. Olha só:

• Jogador de futebol: é um cara ignorante, que não estuda.

• Artista de TV: é gente boa e tem dinheiro.

• Pessoa religiosa: não sabe aproveitar a vida.

Agora para e pensa: será que **todo** jogador de futebol é assim? **Todo** artista de TV? **Toda** pessoa religiosa? E será que todo homem é agressivo? **Toda** mulher é frágil? E **todo** torcedor desses times aí é assim mesmo? Claro que não!

Pois é, quando a gente acha que todo mundo de um grupo tem as mesmas características, é porque a gente está criando estereótipos para aquele grupo e para aquelas pessoas.

E isso é uma fria porque os estereótipos afetam a maneira como a gente pensa e se relaciona com os outros. Por exemplo, um menino de rua, todo sujo, que caminha em sua direção quando você está todo arrumadinho e indo pra escola. O que você pensa sobre meninos que moram na rua? Como você se sente quando um deles chega perto de você? Você fica na boa? Bate um medo? O que rola na sua cabeça?

Os estereótipos levam a gente a esperar que uma pessoa se comporte de um jeito assim ou assado. Aí não há espaço para que aquela pessoa mostre pra você como ela é de verdade. Ou seja, um estereótipo cria uma ideia que não tem nada a ver com a realidade. E essa é uma ideia rígida, que resiste até às evidências de que esteja errada...

DESCULPA ESFARRAPADA

Um recurso que a gente usa quando sabe que está generalizando, quando sabe que está lançando mão de estereótipos, é aquela coisa de começar a frase meio que pedindo desculpas. Tipo assim: "Ah, eu não sou preconceituoso, mas...".

As propagandas, as novelas e os filmes, infelizmente são cheios de estereótipos que vão se infiltrando mais e mais na cabeça de todos nós. Um exemplo? Três coisas sobre as avós que sempre pintam nas telinhas de TV e nas telonas de cinema:

- As avós da TV e do cinema são: boazinhas.

- As avós da TV e do cinema são: de cabelo branco.

- As avós da TV e do cinema são: ligadas em fofoca.

Agora, compare essas características com as avós que você conhece – pode ser a sua ou a de um amigo ou amiga – e veja se bate.

No meu caso, não bate nadica de nada. Minha avó pintava o cabelo, não era chegada em fofoca, às vezes era boazinha e fazia biscoito de nata e às vezes era brava comigo. Isso só pra falar de uma delas, porque a outra era justinho o contrário! E isso faz sentido, porque cada avó é uma avó.

> Preste atenção na sua vida, nas pessoas que você conhece: ninguém é mau, ou levado, ou bonzinho, ou inteligente o tempo todo, concorda? A gente varia. Tem hora que ajudamos, colaboramos, somos legais. Mas tem hora em que a gente pisa no tomate, faz coisa errada, não é gente boa com os outros. E isso é normal. Variar é normal.

O problema é que no cinema, na TV, na internet, nos anúncios, ou seja, na mídia, a conversa é outra. Eles simplificam tudo, trabalhando com personagens que não se parecem nem comigo, nem com você. Porque, na mídia, o mais comum é os personagens serem só uma coisa, sem variar entre meio assim ou assado, uma hora legal, outra hora um mala.

Então, o herói, o mocinho, o príncipe só fazem coisas boas. E os bandidos, os malvados, os bruxos só fazem maldade. As meninas e mulheres são sempre doces e gentis, e os homens e meninos são sempre fortes e espertos. Os velhinhos são sempre bonzinhos. Os adolescentes são sempre bobocas. As crianças são sempre felizes e inocentes. As mães são sempre carinho puro. Os pais são sempre responsáveis. Os negros estão sempre aprontando. Os índios estão sempre bebendo cachaça. Os homossexuais são sempre afeminados. Os gordos são sempre engraçados. As morenas são sempre levadas. As louras são sempre mais bonitas... E tudo é sempre, sempre a mesma coisa.

Coloque os neurônios pra pular e pense num filme legal que você tenha visto recentemente. Vá se lembrando dos personagens e veja se eles eram assim uma coisa só. Tinha uma turma de bandidos/chatos/do mal contra uma turma de gente legal/mocinhos/do bem?

Agora, faça o mesmo com as propagandas que você vê. Lembra aí, por exemplo, de um comercial que tenha uma família. Como é que as famílias, em geral, aparecem nos comerciais de televisão? A família da TV se parece com a sua?

Pois é, isso acontece porque a mídia, na maioria das vezes, trabalha direto e reto com o que a gente chama de estereótipos.

ESSA PRAGA...

Os estereótipos são que nem praga: estão em toda parte. Por exemplo, os estados brasileiros. Gaúchos são grossos. Cariocas são enrolados. Mineiros são pães-duros. Todo baiano é preguiçoso. Todo nordestino é ignorante. Paulista é um bicho metido... Você já ouviu essas bobagens por aí? Já repetiu essas bobagens por aí?

Mas será que só porque você nasceu num determinado estado você é assim mesmo? Será que é possível generalizar e dizer que TODO mundo dali é igualzinho sem tirar nem pôr? Impossível, né? Só que a gente vive repetindo essas bobagens, às vezes até sem prestar atenção no que diz, como se falasse no piloto automático.

DO BOM E DO PIOR

Essas classificações gerais podem ser positivas ou negativas. "Todo japonês é inteligente" é um caso desses, de generalização positiva. Enquanto dizer que a África é só pobreza é um caso de generalização negativa.

E QUAL É O PROBLEMA?

O problema é que as pessoas estereotipadas sofrem muito com isso. Às vezes, é uma dor física (o Hitler não matou gente a rodo, mandando para os campos de concentração só porque elas eram judias, homossexuais, ciganas etc.?); às vezes é um sofrimento interno, coisa de sentimentos, porque por conta dos estereótipos podem rolar mil e uma injustiças (uma pessoa negra não consegue um emprego, apesar de ter todas as qualificações; uma mulher ganha menos que um homem, apesar de exercer o mesmo cargo com as mesmas qualificações; uma criança é tratada como nada, só porque é criança – e *criança não sabe de nada...* –; uma menina não tem amigos na escola só porque está gordinha ou é estudiosa...).

Agora, fala sério: faz sentido a gente sair por aí causando dor física ou gerando sentimentos tristes e de baixa autoestima só porque a pessoa é diferente da gente? E que tal você se colocar no lugar desta pessoa? Você gostaria de passar pelo mesmo? O respeito ao outro tem tudo a ver com isso!

PEIXE E PAPAGAIO

Então, é assim: o preconceito e o estereótipo são farinhas do mesmo saco e, praticamente, vivem coladinhos um no outro. O preconceito forma-se tendo o estereótipo como seu ingrediente básico.

Preconceito é quando a gente define uma pessoa tomando como base o simples fato de ela pertencer a um determinado grupo. Por exemplo: uma senhora vem dirigindo e comete um erro no trânsito e você já vai logo pensando: "Só podia ser mulher! Elas não sabem dirigir direito". Mas será que é mesmo assim? Será que TODA mulher não sabe dirigir? Claro que não, né? Porque tem muita mulher boa de volante e tem muito homem que é braço duro. É por isso que a gente chama esse tipo de reação de preconceito, porque ela é uma ideia, um conceito que pinta na cabeça antes mesmo de a gente conhecer aquela pessoa ou grupo de pessoas. Essa ideia não é verdadeira e é genérica, como se fosse uma rede de pescaria fazendo um arrastão, sem saber separar o que é peixe bom do que é lixo ou peixe pequenino demais pra ser comido.

ATITUDE

A gente precisa a toda hora, a todo instante, ficar de mutuca, de olho nas coisas que a gente diz. Pra ver se no lugar de pensar e ser justo com as pessoas, a gente não está só repetindo preconceitos que aprendeu por aí, como se fosse um papagaio bocó, que só repete mesmo, sem entender nem pensar no que está falando.

+ OU -

Em geral, estamos mais acostumados a ver e a perceber o preconceito negativo (-). Mas ele também pode dar as caras de um modo positivo (+). Por exemplo, quando um gringo lourinho e de olhos azuis chega, a gente vai logo pensando que ele é um cara estudado, educado e rico. Mas será que TODO estrangeiro é rico? Será que TODO branco é estudado? Claro que não, né? Tem estrangeiro rico, pobre e mais ou menos. Tem branco de olho azul muito estudado e outros que nunca sentaram num banco de escola. Então, de novo, é preconceito. É uma ideia pré-concebida. Uma ideia que pinta na cabeça da gente antes mesmo de o sujeito abrir a boca e que nos leva a imaginar que aquela pessoa seja assim ou assado.

Ou seja, o preconceito, mesmo quando pende para o lado das coisas boas, ainda assim é uma covardia, porque leva a gente a não dar chance de escutar uma pessoa, de saber dos seus problemas, de conhecer quem ela é e o que ela pensa, de saber das suas dificuldades ou das suas capacidades e competências.

PILOTO AUTOMÁTICO

"Pré-conceito" é tipo um piloto automático da cabeça que acaba virando uma atitude genérica e que, em geral, tem a ver com as características de um grupo, como o sexo, a raça, a nacionalidade, a religião, a orientação sexual, a idade, o tipo de corpo, a presença de uma deficiência física ou intelectual... O pior de tudo é que o preconceito acaba despencando numa outra coisa muito sem graça chamada intolerância e que anda de braços dados com a discriminação.

A **discriminação** é quando o preconceito deixa de ser ideia e vira ação. A discriminação rola quando a gente trata outra pessoa de maneira desigual em função da cor da sua pele, da sua posição social, da religião que ela segue, se essa pessoa é mulher ou homem, se é homossexual ou heterossexual e assim por diante.

DiscriminAÇÃO
Quando o preconceito vira ação,
ele é chamado de discriminação.
O preconceito mora na cabeça.
A discriminação mora na ação.

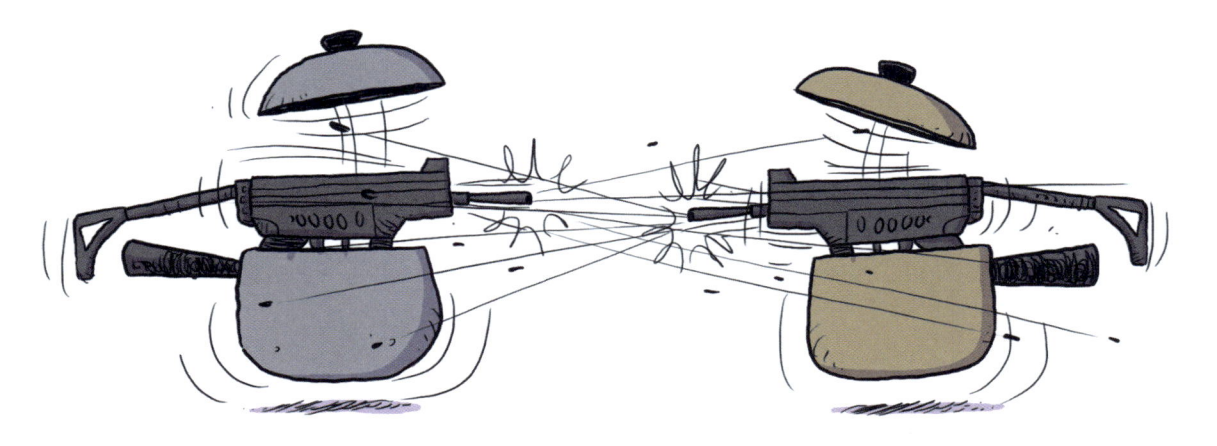

É *NÓIS* CONTRA O RESTO DO MUNDO

Uma das razões que podem levar as pessoas a caírem nas armadilhas do preconceito e da discriminação é essa mania nossa de dividir o mundo entre nós e o resto, colocando o nós sempre do lado do legal e os outros como o negativo, como o inimigo. A gente vê isso em toda parte. Na sala de aula mesmo é comum a galera formar as panelinhas que ficam depois umas contra as outras. Às vezes, a disputa é clara e acirrada, como acontece com as turmas que viram gangues e partem pra agressão mesmo, na cara dura. Outras vezes, ela acontece assim de leve, sem batalhas mais evidentes.

Mas de um jeito ou de outro, as panelinhas são coisas chatas que limitam a vida tanto de quem está fora quanto de quem está dentro da panela – aliás, você lá é feijão para viver dentro de uma panela com a tampa fechada e na maior pressão? Claro que não! Agora, certo é que algumas pessoas viram amigos para a vida inteira, têm mais a ver com a gente, e isso é dez! Mas não quer dizer que a gente deva se isolar nesses grupinhos e depois rir e discriminar quem não faz parte da tchurma... Isso é zero! Ou melhor, isso é nota negativa, tipo assim uns -275!

NO VOLUME MÁXIMO

A discriminação em seu volume máximo pode descambar em um genocídio (a gente falou mais disso lá atrás, na página 15). O mundo já presenciou um bocado deles. Aconteceu, por exemplo, durante a Segunda Guerra Mundial. Aconteceu também em Ruanda.

A Ruanda é um país africano que abriga dois grupos étnicos que sempre tiveram um clima de rivalidade entre eles. Um grupo era maioria, os hutu, enquanto os tútsi formavam o segundo grupo, uma minoria em termos numéricos. Então, a rixa existia, mas ficou contida durante muitos anos, enquanto Ruanda esteve sob o domínio alemão e, mais tarde, da Bélgica.

Só que, depois da independência de Ruanda, em 1962, o clima de inimizade entre os dois grupos começou a ficar mais e mais complicado, até que o caldo entornou de vez em abril de 1994, com os hutu, armados até os dentes, caçando e matando os tútsi pelo país afora. Por pouco mais de três meses, o país viveu esse clima terrível, com o saldo de mortos chegando a 800 mil tútsi!

ESTEREÓTIPO ---> PRECONCEITO ---> DISCRIMINAÇÃO

DISFARCES

No Brasil e em muitos outros países, a discriminação mais descarada e escancarada está caminhando para a extinção, porque as leis e, até mesmo, a consciência das pessoas têm melhorado a situação. Mas ainda rola muita coisa que não é legal. É por isso que a gente está batendo esse papo aqui: porque é hora de mudar e acabar com a discriminação mais disfarçadinha que houver. Afinal de contas, todo mundo merece o mesmo respeito.

Você pode não gostar, não simpatizar, não querer levar a mesma vida de uma pessoa. Isso é um direito seu. Mas você não pode maltratar nem discriminar essa mesma pessoa. Porque isso é um direito dela. E ela precisa fazer o mesmo em relação à sua pessoa, criando assim uma via de mão dupla, onde todo mundo respeita todo mundo. E todo mundo curte os seus direitos.

Alguns ismos e outras coisas mais

PARA TUDO QUE EU QUERO DESCER!

Você já sentiu, alguma vez na sua vida, que estava sendo tratado com menos respeito ou cortesia do que as outras pessoas? Já sentiu que o tratamento à sua pessoa era como se você não fosse "tão esperto", "tão boa gente" quanto o restante da galera que estava bem ali no mesmo ambiente que você? Já se sentiu discriminado por causa da sua idade, do seu gênero, da sua orientação sexual, da renda da sua família, da sua etnia ou da sua aparência ou qualquer outra coisa?

Pois é difícil achar alguém que nunca tenha passado por isso uma vez sequer na vida... Mesmo assim, a gente vive, até sem querer, fazendo a mesma coisa com as outras pessoas. Mas será que dá para descer dessa roda-gigante e construir dias melhores para todos nós? Se dá! O começo disso é conhecer e reconhecer quando a gente e as outras pessoas pisam no tomate. E aí corrigir a rota, exigindo os nossos direitos e assumindo nossas responsabilidades, tratando as pessoas com o devido respeito.

Para conhecer mais e melhor as ciladas que os estereótipos, o preconceito e a discriminação nos impõem todo santo dia, eu listei a seguir algumas das maiores delas. Dá só uma espiada.

RACISMO

Há muito tempo surgiu a ideia preconceituosa de que certas etnias são superiores as outras. A essa ideia dá-se o nome de racismo. O pior de tudo é que muita gente saiu repetindo essa ideia troncha como se fosse verdade, e a coisa ficou meio entranhada na cabeça das pessoas por gerações e gerações. Mas vale lembrar aqui que discriminação racial é crime no Brasil, sabia?

O racismo pode dar sua cara de forma direta e reta ou meio que no disfarce, de um modo mais discretinho, mas ainda assim doloroso e tolo. Muitas vezes ele pinta mascarado como brincadeira ou piada (aliás, todos os ISMOS e FOBIAS descritos aqui surgem assim). É o caso, por exemplo, de apelidos que destacam uma característica física da vítima.

> Brincadeira só é brincadeira quando as duas partes envolvidas estão se divertindo. Caso contrário, não é brincadeira.

CRIME DE ÓDIO

Toda forma de violência que é direcionada a um determinado grupo com características específicas é considerado crime de ódio. Nele, o agressor escolhe as vítimas com base nos seus preconceitos e, em geral, ataca minorias sociais. Minoria social é um conjunto de pessoas que, no decorrer da história, sempre levou chumbo grosso, sendo discriminado de um modo pra lá de descarado. Essa minoria não precisa ser uma minoria numérica. Por exemplo: os negros foram historicamente tratados no Brasil de modo injusto e preconceituoso, apesar de estarem presentes em grande número na mistura que compõe a sociedade do nosso país. E, por isso mesmo, eles formam uma minoria social. O crime de ódio vai muito além de provocar dor física, moral e emocional numa pessoa ou num grupo de pessoas. Ele ataca fundo a dignidade humana e prejudica a convivência pacífica de todo mundo. Por isso, ele é considerado sempre um crime coletivo.

Em nome do racismo já se escravizou, matou, torturou e humilhou várias pessoas nesse mundo nosso. E tudo só por conta das diferenças físicas, como cor de pele e coisa e tal. Uma das maiores vítimas são os negros, que ainda hoje comem um dobrado para serem tratados com a dignidade e o respeito que merecem, para conseguir trabalho, para não serem toda hora parados para levar uma geral da polícia... Mas não são só os negros e negras que sofrem com o racismo porque essa praga ocorre em variações de todo tipo. Por exemplo, a gente aqui no Brasil adora fazer piada dizendo que paraguaio é enrolado, você já notou? E é difícil achar quem não repita frases recheadas de preconceito do tipo "todo judeu só pensa em dinheiro", "todo cigano é ladrão", "todo árabe é terrorista" e por aí afora.

SE ATUALIZE, GALERA!

O problema com o racismo já começa na raiz da palavra, porque raça mesmo só existe uma: a raça humana, do *Homo sapiens*, e nada mais. O que temos são diferenças físicas e culturais que definem diferentes etnias – e que não podem servir de desculpas para preconceito nem discriminação.

SEXISMO

O sexismo ocorre quando as nossas ações e ideias privilegiam as pessoas de um gênero ou de uma identidade sexual. Nesse caso, as generalizações mais comuns têm a ver com a superioridade de um sobre o outro (por exemplo, dizer que mulheres são mais sensíveis e, portanto, mais qualificadas para educar os filhos / que os homens são mais racionais e, por isso, devem ser os chefes e mandar nas mulheres); com diferenças físicas entre eles (a mulher é mais fraca e deve ficar em casa / o homem é mais forte e deve sustentar a família); e com diferenças de comportamento que seriam determinadas pelo gênero da pessoa ("todo homem trai" ou "toda mulher é delicada" ou "todo homossexual é promíscuo").

Quando o sexismo é contra homens, ele é chamado de misandria ou androfobia. Contra as mulheres, ele é conhecido como machismo, chauvinismo ou misoginia. Contra gays, lésbicas, bissexuais e transgêneros é homofobia (no geral, há nomes específicos também, como transfobia ou lesbofobia).

Sabe o que é mais interessante? Encontrar pessoas atirando no próprio pé. Eu explico: uma mulher que defenda ideias como a de que "lugar de mulher é na cozinha" está sendo machista e mostrando preconceito contra si mesma e contra todas as mulheres. Do mesmo modo, a gente encontra homens fazendo o mesmo quando dizem, por exemplo, que "homem não chora".

Essas ideias sexistas estão enraizadas na nossa cultura, mas isso não quer dizer que você não possa nem deva usar o seu cérebro para perceber onde elas aparecem e combatê-las no seu dia a dia. Até porque essas ideias causam muito problema para muitas pessoas.

VOTOS E VETOS

Foi apenas em 1932, durante o governo Getúlio Vargas, que as mulheres tiveram reconhecidos o direito a votar e a serem eleitas para o Executivo e o Legislativo no Brasil. E mesmo assim a conquista não valia para todas – só para as casadas que tivessem autorização dos maridos ou para as viúvas e solteiras com renda própria. Dois anos depois, no entanto, a lei foi remendada, permitindo que qualquer mulher maior de idade pudesse votar e ser votada. No entanto, o voto obrigatório era só para os homens. O mulherio só ficou em pé de igualdade perante a legislação em 1946. O primeiro país a adotar o voto como um direito que incluía também as mulheres foi a Nova Zelândia, em 1893.

Alguns pepinos práticos e nada legais do sexismo

A ideia de que o "homem tem o dever de sustentar a família" leva muitos homens a desistirem cedo da escola, enquanto suas irmãs ou esposas têm, muitas vezes, a possibilidade de escolher se vão trabalhar ou estudar.

A noção de que as mulheres são mais frágeis ou mais inocentes faz com que os chefes não contratem nem promovam mulheres para determinados cargos.

Achar que todo gay é sem-vergonha e que a Aids é coisa deles leva os heterossexuais a não darem a devida importância à prevenção da doença.

Você já reparou na canoa furada que é separar os brinquedos como sendo de "menina" e de "menino"? Com essa bobagem a gente perde a chance de participar de brincadeiras superlegais e, ainda, machuca e magoa o menino ou a menina que sai da "forminha". E tudo à toa, né? Um exemplo? Quando eu era menina, as garotas não podiam jogar futebol porque isso era coisa de menino. Hoje, a coisa já está bem diferente! Isso sem falar fora do país, porque nos Estados Unidos, por exemplo, a grande maioria dos praticantes do nosso futebol é menina!

HOMOFOBIA

Para a gente poder entender e combater a homofobia, precisa antes entender o que é orientação sexual. Então, vamos lá!

Orientação sexual é a atração emocional, sexual ou afetiva que uma pessoa sente por outra pessoa. Ela é feito uma paleta de cores, com tons diferentes da mesma cor e que vão desde a homossexualidade até a heterossexualidade, passando ainda por várias formas de bissexualidade e mais (por exemplo, há quem seja assexual, ou seja, não sente atração sexual por ninguém e tá "de boas").

Bissexual é uma pessoa que pode sentir atração sexual, emocional e afetiva tanto por pessoas do mesmo gênero quanto por pessoas de outro gênero.

Heterossexual é uma pessoa que sente atração sexual, emocional e afetiva por pessoas de outro gênero.

Homossexual é uma pessoa que sente atração sexual, emocional e afetiva por pessoas do mesmo gênero. Essas pessoas também são chamadas aqui no Brasil de gays (tanto homens quanto mulheres) ou lésbicas (somente mulheres).

Transgênero é um termo que abriga uma gama diversa de identidades que transitam entre o que nos acostumamos a chamar de masculino e feminino. Sua definição é complexa e a gente não vai se aprofundar muito nela porque o mais importante no nosso contexto aqui e agora é saber que essas pessoas existem, e que só por isso já têm direitos e merecem respeito.

Então é isso: as lésbicas, os gays, os bissexuais e os transgêneros são seres humanos e têm, portanto, os mesmos direitos dos heterossexuais (lembra que os direitos humanos ou valem pra todo mundo ou não valem de nada?). Acontece, porém, que há pessoas que não admitem isso. A luta dessa fatia da população é grande, porque muitas vezes a própria lei não os protege contra a discriminação e o preconceito, não lhes garantindo os mesmos direitos. Outras vezes, a lei está lá dando essa garantia, mas ela não é seguida na prática.

Bom, agora vamos voltar à palavrinha homofobia, que se refere ao medo, à aversão ou ódio irracional que certas pessoas sentem em relação àqueles que têm algum nível de atração afetiva e sexual por pessoas do mesmo gênero.

A homofobia é a principal causa de discriminação e violência contra gays, lésbicas, bissexuais e transgêneros. Ela às vezes dá as caras de modo discreto e velado, barrando a pessoa de conseguir um emprego, de alugar um imóvel, de garantir uma vaga na escola etc. Outras vezes ela é insulto descarado, xingamentos, piadas, ofensas e humilhações, chegando até a pancadaria, com surras, torturas e assassinatos. Grande ou pequena, a atitude homofóbica sempre leva à injustiça e à exclusão social das pessoas. E por isso mesmo ela deve ficar de fora da vida da gente.

IDADISMO

Chamado de idadismo, ou idaísmo, é o preconceito e a discriminação contra uma pessoa em função da sua idade. Há dois grupos que mais levam bordoadas com essa lenga-lenga: os jovens e adolescentes (entre os 12 e os 18 anos), que são comumente rotulados como barulhentos, irresponsáveis, desobedientes, uns verdadeiros "aborrecentes" e, ainda, o pessoal da terceira idade, taxado de dependente, fraco, que não serve mais pra nada.

Mas, de novo, é tudo pura bobagem que fica passeando pela vida afora como se fosse verdade, né? Porque é só a gente olhar para o lado e ver que tem muito jovem que é responsável, cumpridor de ordens e regras, fazedor de coisas muito positivas e bacanonas. E, do mesmo modo, há muita gente de sessenta anos ou mais que está firme e forte agitando todas e sendo produtivo, útil e, até mesmo, sustentando a meninada. Ou seja, é tudo generalização que não leva a nada. Ou melhor, que só gera sofrimento e perrengue para os jovens e para os de mais idade.

Aliás, esse sofrimento e perrengue é tão grande e vasto que o Brasil chegou a criar estatutos específicos para tentar minimizar o tamanho da encrenca para o lado dessas duas faixas etárias. Foi assim que nós ganhamos o Estatuto do Idoso e o Estatuto da Criança e do Adolescente.

O Estatuto do Idoso

Aprovado em setembro de 2003, prevê penas severas para quem desrespeitar ou abandonar uma pessoa com idade igual ou acima dos sessenta anos. E mais: o estatuto deixa superclaro que nenhum idoso pode passar por negligência, discriminação, violência, crueldade ou opressão. Quem entrar nessa e fizer qualquer dessas coisas pode ser condenado a passar de seis meses a um ano na prisão, além de pagar multa. Ou pode pegar pena de até 12 anos de cadeia, se o caso de negligência for mais grave ainda.

Cerca de 9% da população brasileira é composta por idosos e isso tem muito a ver com a melhor qualidade de vida que temos hoje em nosso país. Por isso, dá pra imaginar que você vai fácil, fácil chegar um dia a ser um idoso ou uma idosa. E aí? Como você gostaria de ser tratado, hein? Eu espero que seja do mesmo jeito como você trata as pessoas idosas hoje...

O Estatuto da Criança e do Adolescente

Este estatuto mal saiu do forno e já ganhou um apelido legal: ele ficou conhecido como ECA (que é a reunião da primeira letra das palavras Estatuto, Criança e Adolescente).

O ECA é, então, uma lei federal de 1990 que estabelece o direito à vida, à saúde, à alimentação, à educação, ao lazer, à profissionalização, à cultura, à convivência familiar e comunitária, à dignidade, ao respeito e à liberdade para meninos e meninas. O ECA também mete a colher na questão de crianças e adolescentes que cometem atos que vão contra a lei. E ele vale para todos os brasileiros e brasileiras que tenham entre zero (porque acabou de nascer, né?) até 18 anos incompletos, independentemente de cor, etnia ou classe social.

Além disso, com o ECA ficou proibido colocar uma criança ou adolescente para trabalhar, o que antes era uma coisa muito comum. Hoje, ficou certo que lugar de criança é na escola, estudando. E isso é ótimo – ou você queria passar seus dias fazendo carvão, sapato ou trabalhando numa pedreira?

DRIBLE SEM GRAÇA

Está na nossa Constituição Federal, lei máxima do nosso país: é proibido o trabalho de menores de 16 anos, salvo na condição de aprendiz, a partir dos 14 anos. E para quem tem menos de 18 anos, é proibido o trabalho noturno, perigoso ou insalubre (que coloque a vida em risco). No entanto, calcula-se que mais de 2,5 milhões de crianças entre cinco e 17 anos trabalhem ilegalmente, e as pesquisas mostram que onde há trabalho infantil, a situação de pobreza é maior.

COM QUEM E QUANDO

Na lista de direitos que nós, seres humanos, temos, existem dois itens interessantes: nossos direitos reprodutivos e nossos direitos sexuais. Os direitos sexuais têm a ver com um monte de coisas. Começa pelo nosso direito de escolher se vamos ou não ter relações sexuais, seja para reprodução ou não. Com quem a gente vai ter relações sexuais. E quando. Esses direitos têm ligação direta também com a prevenção de gravidez na adolescência e de problemas ligados a doenças sexualmente transmissíveis, assim como à possibilidade de ter acesso a serviços de saúde de qualidade (com privacidade e sigilo). E tudinho sempre sem discriminação.

Direitosedeveres

As palavras "direitos" e "deveres" deveriam ser escritas assim, tudo junto (direitosedeveres), porque elas representam coisas inseparáveis: simplesmente não tem como existir direito sem dever.

Veja bem: nós vivemos em sociedade, e para a sociedade funcionar é preciso delimitar os espaços de cada indivíduo. Então, cada sociedade sai fazendo suas leis, que são, na verdade, um grande combinado. A gente combinou, por exemplo, que o sinal vermelho é para parar, e que o verde nos deixa seguir adiante. Aí eu confio que é isso que você vai fazer quando estiver dirigindo um carro, uma moto, uma bicicleta. E você, por sua vez, também confia que é isso que eu e todo e qualquer motorista, pedestre, motociclista, cadeirante e pedestre vai fazer. Se todo mundo segue o combinado, a coisa fica legal. Funciona.

Com os direitos é a mesma coisa. O Estatuto da Criança e do Adolescente vem esclarecer ao mundo que nós temos um trato, que nós combinamos tratar as crianças de uma determinada maneira. E que, em contrapartida, as crianças também vão seguir as regras, os deveres que a sociedade lhes dá. Ou seja: o professor e a professora não podem bater no aluno, mas esse aluno tem que frequentar a escola e cumprir com suas obrigações enquanto estudante e não pode fazer o que bem quiser. Porque esse é o combinado. Porque é assim que funciona a vida em sociedade: todo direito implica em um dever. E isso é ótimo. Porque é assim que a gente garante que a sociedade funcione de um modo legal para todo mundo!

XENOFOBIA E BAIRRISMO

Xenofobia é um nome complicado para explicar algo que a gente está careca de ver: a aversão, o medo, a antipatia e a desconfiança a diferentes culturas e nacionalidades. Ela vem sempre meio agarradinha a um punhado de discriminação em relação à classe social e ataca, em essência, os estrangeiros.

Já quando ela ataca pessoas daqui mesmo do Brasil, costuma chamar de bairrismo. Por exemplo, dizer que "o pessoal da zona leste da cidade de São Paulo é tudo corintiano e ladrão", que "todo nordestino é ignorante", que "todo sujeito do Piauí é pobre" etc. etc. e tal. O que pesa nesse caso são os hábitos culturais diferentes, características físicas, sotaques e, até mesmo, condições socioeconômicas. E a barra pode ficar tão pesada a ponto de a vítima sentir que o melhor a fazer é mudar de endereço, de trabalho, de profissão...

A palavra "xenofobia" vem do grego *xénos*, que significa "estrangeiro", e *phóbos*, que quer dizer "medo".

Um xenófobo/bairrista pode infernizar a vida de outra pessoa de diversas maneiras. Aqui temos alguns jeitinhos muito comuns de ocorrência dessa praga: fazer gracinhas e comentários desrespeitosos sobre o povo, a cultura e o local de origem de uma pessoa. Tratar os costumes e as tradições de alguém como se eles fossem inferiores. Ridicularizar e rir do sotaque da vítima. Acusar o imigrante de atrapalhar a vida no local em que ele hoje mora. Tirar sarro e ironizar o tipo físico de um imigrante.

INTOLERÂNCIA RELIGIOSA

A intolerância religiosa é quando ideias e atitudes se tornam ofensivas a diferentes religiões e crenças, podendo, inclusive, despencar para casos sérios de perseguição, o que fere por completo a liberdade e a dignidade humana.

O direito de cada um ter sua própria crença e de frequentar seu templo e culto está assegurado na Constituição Federal, que é a lei máxima do nosso país. Do mesmo modo, está garantido que a nossa religião e a nossa crença não podem virar barreiras que nos impeçam de ter uma vida legal, com acesso à saúde, à alimentação, à habitação, ao estudo e ao trabalho.

Aliás, vale lembrar que o Brasil é um Estado Laico, ou seja, nós não temos uma religião oficial que somos obrigados a seguir. Pelo contrário: o nosso governo tem que agir sempre de modo neutro e imparcial em relação às mais diversas religiões e, também, em relação às pessoas que não tenham crença alguma.

O desrespeito a esse direito surge muitas vezes na forma de palavras ofensivas a um determinado grupo religioso, além de ataques a elementos, deuses e hábitos dessa religião. Há casos em que o agressor, por exemplo, queima bandeiras, imagens, roupas típicas e outros elementos simbólicos e importantes de uma religião. A coisa fica ainda mais barra-pesada com a perseguição, chegando a matar, torturar e proibir determinadas crenças.

É importante também saber que o nosso direito à liberdade de crença e culto não permite que uma religião vá arrumar confusão com a liberdade de terceiros. Ou seja, os seguidores de uma religião não podem agredir a dignidade humana de ninguém. Não pode rolar pacto de sangue forçado, sacrifício de gente, roubo, cobrança compulsória de dinheiro e bens, conversão forçada... Tudo isso é proibido por lei e é um ataque em linha reta aos direitos individuais, não tendo nada a ver com liberdade religiosa.

DEFICIÊNCIAS

Uma pessoa com deficiência física, sensorial ou intelectual deveria ser tratada com o mesmo respeito que todo mundo, certo? Mas não é sempre assim que acontece. Apesar das leis específicas, é comum essas pessoas não receberem o mesmo tipo de tratamento que é dado para o restante da população. Como se isso não bastasse, elas ainda lutam contra as mais diversas dificuldades para se locomover pelas nossas cidades, para ter acesso a livros, peças de teatro, cinema, bares, serviços públicos ou essenciais, escola, emprego e um longo e cansativo etc.

Muitas vezes o abuso, a intimidação e os comentários desrespeitosos vêm camuflados sob a forma de "piadas", "brincadeiras" e apelidos. Imitar alguém com deficiência, por exemplo, é pra lá de ofensivo. Outras vezes, essas pessoas sequer são contratadas para um trabalho. Nesses dois casos, o que a gente vê é o preconceito virando ação, virando discriminação e impedindo as pessoas com deficiência de viver uma vida plena e bacana como todo mundo.

> No Brasil temos uma população de mais de 207 milhões de pessoas. Desse total, 45 milhões têm algum tipo de deficiência e merecem de você todo o respeito do mundo.

BULLYING

Roubar o lanche dos colegas, brincar de "corredor polonês", colocar apelido maldoso nos outros, fazer gozações e ameaçar outros alunos são alguns dos comportamentos típicos de casos de *bullying*. Mas o que dispara um comportamento tão mala sem alça como esse?

> *Bullying* é um termo em inglês que tem a ver com atos de violência física ou de xingamentos e humilhações que uma pessoa impinge a outra.

O *bullying* tem tudo a ver com preconceito e discriminação. Isso fica na cara quando a gente repara em quem é a vítima típica dessa chatice: negros, estrangeiros, pessoas com deficiência, os muito altos ou muito baixos, os gordinhos, com sotaque diferente, quem só tira nota boa, quem não curte esportes... O *bullying* ficou famoso nas escolas, mas não ocorre só na sala de aula, nos corredores e no pátio. Ele também pode bater ponto no clube, na rua, dentro de casa (entre membros de uma mesma família, entre irmãos) e até mesmo no trabalho, entre adultos.

Brincadeiras agressivas vira e mexe acontecem, ou até mesmo brigas de tapas e socos que pintam por conta de um desentendimento. Isso não é legal, mas as partes envolvidas podem ainda resolver a coisa toda numa boa. Já o *bullying* é bem mais complicado que isso. Nele, há um desequilíbrio de poder, uma vítima que vive cheia de angústia, de medo, de pavor, de tristeza. Nele, a agressão é intencional e repetitiva, causando dor e sofrimento em uma pessoa dia após dia.

Algumas das agressões do *bullying* são físicas e colocam os pais e professores num estado mais alerta, de preocupação. Mas acontece muito também de as agressões não serem físicas, mas emocionais. E aí há uma certa tendência a passar batido pelo radar dos adultos. Acontece, porém, que esse tipo de violência sem tapas nem pontapés faz um estrago enorme na autoestima de uma pessoa, podendo desaguar em uma queda no desempenho escolar, em depressão (que é uma tristeza profunda que dura semanas, meses e até anos) e em uma sensação gigantesca de insegurança. O estrago que tudo isso causa numa pessoa pode deixar terríveis marcas para o resto da vida ou mesmo levá-la ao suicídio.

Se você notar que alguém sofre ou se você mesmo estiver sofrendo *bullying*, tem que falar logo com seus pais sobre o assunto. Aí os pais têm que conversar com a escola. E se a escola não tomar as providências necessárias, os pais devem então procurar o Conselho Tutelar para exigir que a escola proteja a criança, porque essa é uma obrigação dela. Também é importante, às vezes, parar para pensar um tiquinho, para ver se as nossas atitudes não estão fazendo de nós mesmos um caso típico (e chato, né?) de *bullying*. Simmm, é fácil não perceber, mas muitas vezes a gente está fazendo o papel de mau-mau e abusando dos outros!

> Fazer fofoca toda hora de alguém, ficar "de mal" e excluir essa pessoa são táticas de *bullying* que a gente não deve aceitar.

Atitude

Você já reparou que toda expressão de preconceito, ou seja, toda forma de discriminação tem três partes envolvidas? A pessoa que agride, a que é agredida e ainda aquela que vê tudo acontecer e finge que não é com ela. Preste atenção: quem apenas observa também faz parte daquela situação. Porque está, com o seu silêncio, consentindo com aquilo, praticamente incentivando mais agressões. E mais: todo mundo, em algum momento da vida, pode estar no papel de agressor, agredido ou espectador. O importante mesmo é saber o que você vai fazer quando notar que está em uma situação dessas, em um desses papéis... Se você for vítima ou agressor, precisa procurar ajuda para você mesmo. E se for espectador, precisa procurar ajuda para as partes envolvidas. O que não pode é o problema continuar sem que ninguém faça coisa alguma.

E como a gente dá cabo nestas pragas?

SOBRE TOMATES E TROMBONES

Para acabar com o perrengue de desrespeitar os direitos dos outros, temos que ficar de olho nos nossos deveres e fazer um trabalho legal com a gente mesmo. Quando você pisar no tomate e agir de modo preconceituoso e discriminatório, reconheça seu erro, peça desculpas e siga em frente, sempre de olho para não escorregar de novo e cair de boca nesse mesmo tomate.

Se você for vítima desses perrengues, bote a boca no trombone e exija os seus direitos. Se for testemunha, espectador de uma cena dessas, faça o mesmo; bote a boca no trombone. Porque só assim, com todo mundo alerta e unido na defesa do direito de todos, é que o seu direito, o meu direito, os nossos direitos serão garantidos.

Outra arma poderosa ao seu alcance é o conhecimento. Quanto mais você sabe sobre os direitos humanos e sobre os casos em que ele é ignorado e/ou pisoteado, menos você discrimina e menos preconceito existe na nossa sociedade.

Talvez, o mais importante seja mesmo você não cair na armadilha fácil de ficar escolhendo quem tem direito e quem não tem. Afinal de contas, nós atravessamos anos e anos de história para chegar ao ponto em que mais de 190 países concordaram que **os direitos humanos valem igualmente para todos os seres humanos**. E aí, se você ou qualquer outro ficar escolhendo quem tem direito e quem não tem... vixe, a coisa volta para trás e deixa de funcionar pra você, pra mim e pra todo mundo!

Por fim, eu queria deixar pra você a dica do DISQUE SEM, ops, DISQUE CEM... Se você, em algum momento da vida, sofrer ou notar que alguém está sofrendo discriminação, pode ligar de graça para o número CEM (é só discar 100) para denunciar o problema. Ah, e nesse número você pode ainda tirar dúvidas, tá? Ele é um serviço colocado à disposição de todos os brasileiros e brasileiras pelo Ministério dos Direitos Humanos do nosso governo federal para que, mesmo que devagar, a gente chegue um dia a ter um país SEM discriminação e cheio de respeito ao outro e às diferenças. Ou seja, um país que seja um lugar muito legal para toda gente morar!

DECLARAÇÃO DOS DIREITOS
DO HOMEM E DO CIDADÃO
(França, 1789)

Os representantes do povo francês, reunidos em Assembleia Nacional, tendo em vista que a ignorância, o esquecimento ou o desprezo dos direitos do homem são as únicas causas dos males públicos e da corrupção dos governos, resolveram declarar solenemente os direitos naturais, inalienáveis e sagrados do homem, a fim de que esta declaração, sempre presente em todos os membros do corpo social, lhes lembre, permanentemente, seus direitos e seus deveres; a fim de que os atos do Poder Legislativo e do Poder Executivo, podendo ser a qualquer momento comparados com a finalidade de toda a instituição política, sejam, por isso, mais respeitados; a fim de que as reivindicações dos cidadãos, doravante fundadas em princípios simples e incontestáveis, se dirijam sempre à conservação da Constituição e à felicidade geral.

Em razão disto, a Assembleia Nacional reconhece e declara, na presença e sob a égide do Ser Supremo, os seguintes direitos do homem e do cidadão:

Art. 1º Os homens nascem e são livres e iguais em direitos. As destinações sociais só podem fundamentar-se na utilidade comum.

Art. 2º A finalidade de toda associação política é a conservação dos direitos naturais e imprescritíveis do homem. Esses direitos são a liberdade, a propriedade, a segurança e a resistência à opressão.

Art. 3º O princípio de toda a soberania reside, essencialmente, na nação. Nenhum corpo, nenhum indivíduo pode exercer autoridade que dela não emane expressamente.

Art. 4º A liberdade consiste em poder fazer tudo que não prejudique o próximo: assim, o exercício dos direitos naturais de cada homem não tem por limites senão aqueles que asseguram aos outros membros da sociedade o gozo dos mesmos direitos. Estes limites apenas podem ser determinados pela lei.

Art. 5º A lei não proíbe senão as ações nocivas à sociedade. Tudo que não é vedado pela lei não pode ser obstado e ninguém pode ser constrangido a fazer o que ela não ordene.

Art. 6º A lei é a expressão da vontade geral. Todos os cidadãos têm o direito de concorrer, pessoalmente ou através de mandatários, para a sua formação. Ela deve ser a mesma para todos, seja para proteger, seja para punir. Todos os cidadãos são iguais a seus olhos e igualmente admissíveis a todas as dignidades, lugares e empregos públicos, segundo a sua capacidade e sem outra distinção que não seja a das suas virtudes e dos seus talentos.

Art. 7º Ninguém pode ser acusado, preso ou detido senão nos casos determinados pela lei e de acordo com as formas por esta prescritas. Os que solicitam, expedem, executam ou mandam executar ordens arbitrárias devem ser punidos; mas qualquer cidadão convocado ou detido em virtude da lei deve obedecer imediatamente, caso contrário torna-se culpado de resistência.

Art. 8º A lei apenas deve estabelecer penas estrita e evidentemente necessárias e ninguém pode ser punido senão por força de uma lei estabelecida e promulgada antes do delito e legalmente aplicada.

Art. 9º Todo acusado é considerado inocente até ser declarado culpado e, se julgar indispensável prendê-lo, todo o rigor desnecessário à guarda da sua pessoa deverá ser severamente reprimido pela lei.

Art. 10º Ninguém pode ser molestado por suas opiniões, incluindo opiniões religiosas, desde que sua manifestação não perturbe a ordem pública estabelecida pela lei.

Art. 11º A livre comunicação das ideias e das opiniões é um dos mais preciosos direitos do homem; todo cidadão pode, portanto, falar, escrever, imprimir livremente, respondendo, todavia, pelos abusos desta liberdade nos termos previstos na lei.

Art. 12º A garantia dos direitos do homem e do cidadão necessita de uma força pública; esta força é, pois, instituída para fruição por todos, e não para utilidade particular daqueles a quem é confiada.

Art. 13º Para a manutenção da força pública e para as despesas de administração é indispensável uma contribuição comum que deve ser dividida entre os cidadãos de acordo com suas possibilidades.

Art. 14º Todos os cidadãos têm direito de verificar, por si ou pelos seus representantes, da necessidade da contribuição pública, de consenti-la livremente, de observar o seu emprego e de lhe fixar a repartição, a coleta, a cobrança e a duração.

Art. 15º A sociedade tem o direito de pedir contas a todo agente público pela sua administração.

Art. 16º A sociedade em que não esteja assegurada a garantia dos direitos nem estabelecida a separação dos poderes não tem Constituição.

Art. 17º Como a propriedade é um direito inviolável e sagrado, ninguém dela pode ser privado, a não ser quando a necessidade pública legalmente comprovada o exigir e sob condição de justa e prévia indenização.

DECLARAÇÃO UNIVERSAL DOS DIREITOS HUMANOS
(ONU, 1948)

Considerando que o reconhecimento da dignidade inerente a todos os membros da família humana e de seus direitos iguais e inalienáveis é o fundamento da liberdade, da justiça e da paz no mundo;

Considerando que o desprezo e o desrespeito pelos direitos humanos resultam em atos bárbaros que ultrajam a consciência da humanidade e que o advento de um mundo em que os homens gozem de liberdade de palavra, de crença e da liberdade de viverem a salvo do temor e da necessidade foi proclamado como a mais alta aspiração do homem comum;

Considerando essencial que os direitos humanos sejam protegidos pelo Estado de Direito, para que o homem não seja compelido, como último recurso, à rebelião contra a tirania e a opressão;

Considerando essencial promover o desenvolvimento de relações amistosas entre as nações;

Considerando que os povos das Nações Unidas reafirmaram, na Carta, sua fé nos direitos humanos fundamentais, na dignidade e no valor da pessoa humana e na igualdade de direitos dos homens e das mulheres, e que decidiram promover o progresso social e melhores condições de vida em uma liberdade mais ampla;

Considerando que os Estados-Membros se comprometeram a promover, em cooperação com as Nações Unidas, o respeito universal aos direitos humanos e liberdades fundamentais e a observância desses direitos e liberdades;

Considerando que uma compreensão comum desses direitos e liberdades é da mais alta importância para o pleno cumprimento desse compromisso;

A Assembleia Geral proclama:

A presente Declaração Universal dos Direitos Humanos como o ideal comum a ser atingido por todos os povos e todas as nações, com o objetivo de que cada indivíduo e cada órgão da sociedade, tendo sempre em mente esta Declaração, se esforce, através do ensino e da educação, por promover o respeito a esses direitos e liberdades, e, pela adoção de medidas progressivas de caráter nacional e internacional, por assegurar o seu reconhecimento e a sua observância universal e efetiva, tanto entre os povos dos próprios Estados-Membros, quanto entre os povos dos territórios sob sua jurisdição.

Artigo 1º
Todas as pessoas nascem livres e iguais em dignidade e direitos. São dotadas de razão e consciência e devem agir em relação umas às outras com espírito de fraternidade.

Artigo 2º
Toda pessoa tem capacidade para gozar os direitos e as liberdades estabelecidas nesta Declaração, sem distinção de qualquer espécie, seja de raça, cor, sexo, língua, religião, opinião política ou de outra natureza, origem nacional ou social, riqueza, nascimento, ou qualquer outra condição.

Não será tampouco feita qualquer distinção fundada na condição política, jurídica ou internacional do país ou território a que pertença uma pessoa, quer se trate de um território independente, sob tutela, sem governo próprio, quer sujeito a qualquer outra limitação de soberania.

Artigo 3º
Toda pessoa tem direito à vida, à liberdade e à segurança pessoal.

Artigo 4º
Ninguém será mantido em escravidão ou servidão; a escravidão e o tráfico de escravos serão proibidos em todas as suas formas.

Artigo 5º
Ninguém será submetido à tortura, nem a tratamento ou castigo cruel, desumano ou degradante.

Artigo 6º
Toda pessoa tem o direito de ser, em todos os lugares, reconhecida como pessoa perante a lei.

Artigo 7º

Todos são iguais perante a lei e têm direito, sem qualquer distinção, a igual proteção da lei. Todos têm direito a igual proteção contra qualquer discriminação que viole a presente Declaração e contra qualquer incitamento a tal discriminação.

Artigo 8º

Toda pessoa tem direito a receber dos tribunais nacionais competentes remédio efetivo para os atos que violem os direitos fundamentais que lhe sejam reconhecidos pela constituição ou pela lei.

Artigo 9º

Ninguém será arbitrariamente preso, detido ou exilado.

Artigo 10º

Toda pessoa tem direito, em plena igualdade, a uma audiência justa e pública por parte de um tribunal independente e imparcial, para decidir sobre seus direitos e deveres ou do fundamento de qualquer acusação criminal contra ele.

Artigo 11º

§1 Toda pessoa acusada de um ato delituoso tem o direito de ser presumida inocente até que a sua culpabilidade tenha sido provada de acordo com a lei, em julgamento público no qual lhe tenham sido asseguradas todas as garantias necessárias à sua defesa.

§2 Ninguém poderá ser culpado por qualquer ação ou omissão que, no momento, não constituíam delito perante o direito nacional ou internacional. Tampouco será imposta pena mais forte do que aquela que, no momento da prática, era aplicável ao ato delituoso.

Artigo 12º

Ninguém será sujeito a interferências na sua vida privada, na sua família, no seu lar ou na sua correspondência, nem a ataques à sua honra e reputação. Toda pessoa tem direito à proteção da lei contra tais interferências ou ataques.

Artigo 13º

§1 Toda pessoa tem direito à liberdade de locomoção e residência dentro das fronteiras de cada Estado.

§2 Toda pessoa tem o direito de deixar qualquer país, inclusive o próprio, e a este regressar.

Artigo 14º

§1 Toda pessoa, vítima de perseguição, tem o direito de procurar e de gozar asilo em outros países.

§2 Este direito não pode ser invocado em caso de perseguição legitimamente motivada por crimes de direito comum ou por atos contrários aos propósitos e princípios das Nações Unidas.

Artigo 15º

§1 Toda pessoa tem direito a uma nacionalidade.

§2 Ninguém será arbitrariamente privado de sua nacionalidade, nem do direito de mudar de nacionalidade.

Artigo 16º

Os homens e mulheres de maior idade, sem qualquer restrição de raça, nacionalidade ou religião, têm o direito de contrair matrimônio e fundar uma família. Gozam de iguais direitos em relação ao casamento, sua duração e sua dissolução.

§1 O casamento não será válido senão como o livre e pleno consentimento dos nubentes.

§2 A família é o núcleo natural e fundamental da sociedade e tem direito à proteção da sociedade e do Estado.

Artigo 17º

§1 Toda pessoa tem direito à propriedade, só ou em sociedade com outros.

§2 Ninguém será arbitrariamente privado de sua propriedade.

Artigo 18º

Toda pessoa tem direito à liberdade de pensamento, consciência e religião; este direito inclui a liberdade de mudar de religião ou crença e a liberdade de manifestar essa religião ou crença, pelo ensino, pela prática, pelo culto e pela observância, isolada ou coletivamente, em público ou em particular.

Artigo 19º

Toda pessoa tem direito à liberdade de opinião e expressão; este direito inclui a liberdade de, sem interferência, ter opiniões e de procurar, receber e transmitir informações e ideias por quaisquer meios e independentemente de fronteiras.

Artigo 20º

§1 Toda pessoa tem direito à liberdade de reunião e associação pacíficas.

§2 Ninguém pode ser obrigado a fazer parte de uma associação.

Artigo 21º

§1 Toda pessoa tem o direito de tomar parte no governo de seu país, diretamente ou por intermédio de representantes livremente escolhidos.

§2 Toda pessoa tem igual direito de acesso ao serviço público do seu país.

§3 A vontade do povo será a base da autoridade do governo; esta vontade será expressa em eleições periódicas e legítimas, por sufrágio universal, por voto secreto ou processo equivalente que assegure a liberdade de voto.

Artigo 22º

Toda pessoa, como membro da sociedade, tem direito à segurança social e à realização, pelo esforço nacional, pela cooperação internacional de acordo com a organização e recursos de cada Estado, dos direitos econômicos, sociais e culturais indispensáveis à sua dignidade e ao livre desenvolvimento da sua personalidade.

Artigo 23º

§1 Toda pessoa tem direito ao trabalho, à livre escolha de emprego, a condições justas e favoráveis de trabalho e à proteção contra o desemprego.

§2 Toda pessoa, sem qualquer distinção, tem direito a igual remuneração por igual trabalho.

§3 Toda pessoa que trabalha tem direito a uma remuneração justa e satisfatória, que lhe assegure, assim como à sua família, uma existência compatível com a dignidade humana, e a que se acrescentarão, se necessário, outros meios de proteção social.

§4 Toda pessoa tem direito a organizar sindicatos e a neles ingressar para a proteção de seus interesses.

Artigo 24º

Toda pessoa tem direito a repouso e lazer, inclusive a limitação razoável das horas de trabalho e a férias periódicas remuneradas.

Artigo 25º

§1 Toda pessoa tem direito a um padrão de vida capaz de assegurar a si e a sua família saúde e bem-estar, inclusive alimentação, vestuário, habitação, cuidados médicos e os serviços sociais indispensáveis, e direito à segurança em caso de desemprego, doença, invalidez, viuvez, velhice ou outros casos de perda dos meios de subsistência em circunstâncias fora de seu controle.

§2 A maternidade e a infância têm direito a cuidados e assistência especiais. Todas as crianças, nascidas dentro ou fora de matrimônio, gozarão da mesma proteção social.

Artigo 26º

§1 Toda pessoa tem direito à instrução. A instrução será gratuita, pelo menos nos graus elementares e fundamentais. A instrução elementar será obrigatória. A instrução técnico-profissional será acessível a todos, bem como a instrução superior, esta baseada no mérito.

§2 A instrução será orientada no sentido do pleno desenvolvimento da personalidade humana e do fortalecimento do respeito pelos direitos humanos e pelas liberdades fundamentais. A instrução promoverá a compreensão, a tolerância e a amizade entre todas as nações e grupos raciais ou religiosos, e coadjuvará as atividades das Nações Unidas em prol da manutenção da paz.

§3 Os pais têm prioridade de direito na escolha do gênero de instrução que será ministrada a seus filhos.

Artigo 27º

§1 Toda pessoa tem o direito de participar livremente da vida cultural da comunidade, de fruir as artes e de participar do processo científico e de seus benefícios.

§2 Toda pessoa tem direito à proteção dos interesses morais e materiais decorrentes de qualquer produção científica, literária ou artística da qual seja autor.

Artigo 28º

Toda pessoa tem direito a uma ordem social e internacional em que os direitos e liberdades estabelecidos na presente Declaração possam ser plenamente realizados.

Artigo 29º

§1 Toda pessoa tem deveres para com a comunidade, em que o livre e pleno desenvolvimento de sua personalidade é possível.

§2 No exercício de seus direitos e liberdades, toda pessoa estará sujeita apenas às limitações determinadas por lei, exclusivamente com o fim de assegurar o devido reconhecimento e respeito dos direitos e liberdades de outrem e de satisfazer às justas exigências da moral, da ordem pública e do bem-estar de uma sociedade democrática.

§3 Esses direitos e liberdades não podem, em hipótese alguma, ser exercidos contrariamente aos propósitos e princípios das Nações Unidas.

Artigo 30º

Nenhuma disposição da presente Declaração pode ser interpretada como o reconhecimento a qualquer Estado, grupo ou pessoa, do direito de exercer qualquer atividade ou praticar qualquer ato destinado à destruição de quaisquer dos direitos e liberdades aqui estabelecidos.